청춘예찬

이 도서의 국립중앙도서관 출판예정도서목록(CIP)은 서지정보유통지원시스템 홈페이지(http://seoji.nl.go.kr)와 국가자료종합목록 구축시스템(http://kolis-net.nl.go.kr)에서 이용하실 수 있습니다. (CIP제어번호 : CIP2020020051)

청춘예찬

오영미 시집

32

시와정신시인선

시와정신사

시인의 말

어쩌다 새벽에 눈이 떠지고
그러다 잠을 놓치고
와인 한잔에 의지하고 잘 때가 잦았다

저절로 살아지는
생명의 끝을 알면서도
하루가 짧다고 말하는 것

엔젤, 괜찮아 괜찮을 거야
그립고 보고 싶을 때도
그 말만 되뇌었지

맥문동 무스카리 봄 피어났다
보랏빛 큰 키로
주렁주렁 알 실어 올렸다

내가 살며 시 쓰고 있는 서산은
'청춘예찬'의 작가 민태원의 고향이다
그분을 기억하며 시집 제목을 삼았다

2020년 5월
서산예술의집 초고에서 오영미

차 례

005 시인의 말

___ 제1부

013 쇤베르크의 달

015 숲

017 침묵

019 알로카시아

021 나의 토요일은 뾰족하다

023 노자路資 축제

024 언덕

026 서랍 속에서

028 통화하고 난 후

030 풍향계

031 스테파네트의 별

033 앵무의 꿈

035 얼굴 없는 말들이 떠돌고

036 늑대와 시인

037 마트로시카

___ 제2부

041 본능에 대하여

042 징하디징한

043 도둑처럼 가버린 너에게

045 못

046 나는 모자를 싫어해

047 굼벵이의 꿈

049 나를 고발한다

050 잠결에

051 단두대

052 허스키

053 마키아벨리

055 참나,

056 목격자

057 소주 한잔 포차에서

058 소가 웃는다

___ 제3부

061 충돌

062 삐그덕

063 화엄삼매

064 모래의 시간

066 끙

067 우린 진행 중

068 현기증

070 아이러니

071 왜

072 격세지감

073 물렁한 오후

074 클랙슨

076 국수 만찬

077 탓

078 빙하착 放下著

___ 제4부

83 청춘예찬

84 신장리 가는 길

85 불

87 구아바

88 투명

89 참골무꽃

91 컨테이너의 밤

92 빈 거울

94 힘들면

95 윤동주, 달을 쏘다

97 너를 예찬한다

98 프록스의 얼굴들

100 낙화

102 말라리아

103 작은 풀잎

104 **해설** | 놀라운 열정과 시적 폭발력 | 김완하

____ 제1부

쉰베르크의 달

너를 건너는 밤
쉰베르크의 달에 홀린 피에로를 듣는다

오늘은 나를 원한다
나를 위한 만찬
내 영혼에게 식사를 대접하고 싶다

방황하며 침잠하기만 한다면
내가 너무 불쌍하기 때문이다

사랑받는 거 말고
사랑하고 즐거운 날들
나는 물속 깊숙이 가라앉는 기분을 안다

어떤 날은 그것을 선택하고
어떤 날은 선택하지 않았는데도 고꾸라진다

베이글 토스트기에 데워지는 기분
굶다가 선택한 끼니의 크림치즈

물렁한 저녁을 보내고
낭떠러지를 찾지 못하는 말들

수북이 쌓여 있는 말 찾아 거리에 닿으면
빨간 드로즈의 그가 생각났다

알근달근한 애저녁
말도 안 되는 말들을 시부린다

혼자 싱싱한 굴을 씻고
오이와 풋고추, 붉은 고추는 어슷하게 썰고
실파는 길게, 피망은 좀 얇게

그 위에 통깨를 뿌리고
파슬리로 장식한다
나의 만찬은 달 속의 피에로

숲

새들이 종이 숲에서 운다

종이 위에는

그런데가 있고

아이쿠와 와삭이 소리를 낸다

하지만은 곧장 앗 하며

발을 동동 구른다

오늘은 그믐과 초승 사이

하얀 달이 얇게 숲으로 떨어진다

떨어져 굴러 턱이 깨진다

나는 내가 하고 싶은 말 다 하지 못한다

나를 속이고 글을 쓴다

내가 없는 문장으로 나를 속이므로

내 글 속에는 내가 없다

네가 새를 만족시키지 못하면 쓸쓸해하듯

나는 새가 만족할까를 고민하다 외롭지

과장의 말은 믿지 않는다

차라리 나는 티브이를 본다

드라마 보며 울기도 하고

못된 주인공을 보며 개새끼 나쁜 놈이라며

욕하고는 눈물을 훔치기도 한다

내 글 속에도 욕 실컷 집어넣고
종이 위에 야한 생각 끄적거리며
속 다 드러내고 싶을 때가 있다
시옷과 이응을 잇고
소리 내어 금 긋는다

침묵

묵은 똥 냄새 기억하니
침묵도 묵은 거라서
여백이 많은 말이라서
벙어리와 귀머거리만이
그 말 알아들을 수 있어
양파 벗기듯
은밀한 사생활을 즐기는 곳에
썩은 내 나는 언어가 버려져 있어
파리는 그곳을 안방이려니 행복해했어
그 냄새는 고요이자 그리움이고
친구이자 사랑이었거든
항문이 오그라들면
그리움도 조여들었지
나를 습격하듯 네가 오던 밤은
언제나 그 냄새가 진동했어
제멋대로 왔다가
한마디 말도 없이 사라지는 침묵
너는 뿌리 없는 화초였고
너만의 문법과 어휘로 술병을 들고
침실 언저리 휘휘 돌다가

주섬주섬 옷가지 챙겨간 말들
숨 막히게 뒤엉키는 소리, 기대했던 건 아냐
그냥 귀를 쫑긋했을 뿐이야

알로카시아

열병으로 뜬눈을 억지로 감고 울게 만든 건 나였다
유독 겨울에 약한 네가
순수하기만 했던 너의 순정을 바치고
시름시름 야윈 모습이 보기 싫었다고나 할까

앓는 소리는 무음으로
병든 이파리는 갈기갈기 찢어진 채로
걸레 조각이라도 된 양
나풀거리며 시들어갈 즈음
전지가위로 잘라 줄기만 남겼다

너를 바라보기 미안한 내가
한쪽으로 기울어진 시선 외면하지 못하고
잘린 줄기 끝 매달린 눈물 훔쳐주었을 때
너는 핑그르르 소리도 못내었다

스스로 마르기를 기다릴 걸 후회했지만
이미 선택은 종착지의 벼랑에 있었고
우리의 관계는 종의 기원을 배반한 것처럼
역행하는 약속과 침묵이

자꾸만 거꾸로 거슬러 올라갔다

네가 얼마나 더 마르기를 기다려야 하나
제 몸 바짝 마를 때까지 눈물
새로운 생명 태어날 때까지 물방울
오오, 밤새 줄기에서 태어난 새 생명

그 쭈글거리는 잎사귀 어디에 숨겼던 걸까
잉태의 울음,
오늘로써 침침한 나의 눈 속에
너의 순수했던 타락의 눈물을 저장한다

나의 토요일은 뾰족하다

나의 토요일은 뾰족하다
생선 비늘처럼 빛나는,
편지를 배달하는 우체부
오토바이의 둥근 토요일은 없다

아스팔트 바닥이 토요일일 때
나는 끊어진 화요일 벽
여기저기 달라붙어 울고 있다
깨지고 짓밟힌 토요일이 화요일을 낳을 수 있을까

자동차의 뒷바퀴는 알고 있을 것이다
청바지 무릎까지 올라온 상처들이
곤두박질쳐 산산 조각난 토요일의 기분을

고양이 꼬리를 물고
빙글빙글 돌고 도는
수수께끼 같은 언어의 실종을 눈앞에 두고

시인은 별이 된다
붕어 쏘가리 갈치 명태의 족보

오래된 이름이 토요일처럼 뾰족할 수 있을까

절름거리는 나의 저녁
토요일 앞과 뒤에 파편이 박혀 있듯이
거리를 떠도는 수요일과 목요일

노자路資 축제

쿨룩쿨룩 기침 소리가 멈추자 물소리가 들리고 모든 결말이 삭
제되기 시작했다

제 생 채우지 못하고, 게임에서 진 패자는 조용히 눈 감고, 우
는 사람들의 진심을 듣고

사람들은 화투판을 벌였고 여기저기서 웃음꽃이 피어났다 죽
음은 축제여야 한다고

상례원 출입구가 분주할수록 기억의 꼬투리가 잡히는 법 슬픈
얼굴 하는 상주에게 미소를 심어주마

나를 길들이는 것들에 대해 생각했다 이를테면 나는 금성에서
태어났고 너는 화성에서 왔다고 믿는 습관들

냉장고 우는 소리가 들린다 왁자지껄 술주정에 행패를 부리는
사람들 어둠을 만지면 별이 부서졌다

몇 개의 얼굴이 희멀건 정액처럼 뒤섞였다

썩어가는 냄새가 코끝으로 확 풍기는 상례원의 축제는 커튼 없
는 방에서 발가벗은 몸 같다

언덕

언덕, 하고 말하면
저 너머에서 누가 올 것 같다

언덕은 기분을 상쾌하게 하고
꽃들이 하늘거리며 흔들릴 것 같다

느낌표 같은 호수가 보일 것 같고

술 잘 사주는 스님과
술 잘 마시는 여자가

함께 걸어올 것 같은
따옴표로 정지될 것 같은

그래서 너는 기쁨처럼 오고
도둑처럼 슬픔으로 가곤 하는 건가

언덕, 하고 부르면
시간이 구부러질 것 같고
창문이 휠 것 같아

나는 소설을 쓰고
장미는 시를 쓰고
담쟁이는 산문을 쓰지

언덕을 오르면 모네의 그림이 출렁이고

온갖 꽃으로 장식된 말들이
우르르 뒹굴며 꽃멀미 하게 되지

서랍 속에서

파리채에 맞고 죽은 줄 알았던 말벌

잠깐 죽은 척했거나

기절했거나

내가 안심하고 있을 때

길고 가느다란 뒷발과

짧고 또 가느다란 앞발을

모로 누운 채 쉬지 않고 움직이는

말벌을 자세히 바라본다

가끔 날개를 파르르 떨었다

파리가 말벌의 주변을 서성이더니

꼬리에 엎혀 열심히 더듬는다

위로하는 것일까

구조하는 것일까

파리는 그의 곁을 떠나지 않았다

깔딱거리는 말벌의 주둥이와

가슴 날개를 더듬더니 구원군을 찾는 걸까

주변을 뱅글뱅글 돌다 다시

그에게 다가가기를 반복한다

파리채로 살짝 때린 것이 화근이다

서너 번을 맞았으니 죽었을 거라 믿었던 게 잘못이다

죽을힘 다해 움직이는 말벌에게
더는 파리채를 내리칠 수 없었다
그냥 바라볼 뿐이다
스스로 소생한다면 살려주리라 다짐한다
아, 차라리 한방에 세게 내리칠 것을 후회도 한다

통화하고 난 후

지금 나에게 우물은 우울이다

그와 통화한 후

모든 우울이 우물로 변했다

우울 같은 우물이 중얼거린다

우물쩡 거리는 우울

우물에 갇히고

우울함이 쌓이는 우물

내가 우물에서 숭늉 찾는 여자가 된 것 같은 기분

난 물을 푸러 갔는데

왜 자꾸 숭늉을 마시라 하는지

단지 난 우물에 비친 나를 확인한 건데

그 물은 자꾸 흔들려 내가 보이지 않았다

전화 건 그가

우울해하지 말라고 하네

우물에 달이 차 출렁이는데

울지 말라 그러네

원산도 거기서 닷새 동안 멍했네

고래고래 소리 지르는 고라니

발정 난 짐승의 음산한 위로

소주 다섯 병에 잊을 수 있을까

바다가 나를 이해할 수 있나
그가 가져온 사과 두 상자로 사과가 되나
이대로 쑤셔박히고 싶다
똑같은 내용에 똑같은 주문
잊을만하면 전화로 위로를 하네
나는 우물에 갇힌 물
그로부터 쌓이는 우물우물

풍향계

공중 비닐봉지

하늘 나뭇가지

그 속엔 죽은 자들이 호흡곤란 일으키고

떠도는 영혼이 침 뱉는 기침 들어있다

나뭇가지는 세상 속으로 기울어져

늙은 여자의 캐시미어에 달라 붙었다

종잇장 부서지는 소리

시큼한 웃음소리들

나의 시선은 타인의 시선

구부러지고

찢어지고

사선의 비는

이미 세상을 떠났다

공중에 집 짓고

선을 꺾는 거미

흔들리는 깃발이

연 날리듯 방패가 되는 오늘

까마귀들이 검정 비닐봉지 속으로 들어가는

어떤 문장의 재배치

방향, 그 속으로 들어가

바람 찬 환유를 바스락거릴 수 있을까

스테파네트의 별

별에도 뼈가 있을까

그렇다면 울퉁불퉁할까

길들여지지 않은 산길은 구불거리지

네모는 세모를 꿈꾸고

동그라미는 별을 꿈꾸지

바다처럼 출렁이고 싶어 하기도하고

그믐 어느 때는 묘지를 헤매기도 해

뼈 없는 목소리들

밤사이 꽃잎 하나가

내 방을 다녀갔는데 발자국이 없네

돌계단은 별을 기다리고 있는데

뾰족한 바람 불어

눈동자를 흐물거리게 하고

웃음 잘라 헤엄치게 하네

얼음과 불

밤과 낮

여름과 겨울

여자와 남자

물의 질량으로 이질적인 언어를 죽인다

가장 먼 곳에서 반짝이는 별

가장 신비롭게 다가와 하나가 되는 시
시에도 뼈가 있어 아픈걸
나는 나의 타자
일요일의 별이 화요일에 뜨고 있었던 거기

앵무의 꿈

계절마다 이름 바꾸는
만날 때마다 눈빛 바꾸는

하늘은 마른기침하고
한낮에도 앵무 울음하고

누군가를 부를 때도
세수할 때도 춤추는

휘발유 냄새나는 도시
항문으로 뱉어내는 말들

나는 오늘 묵은 똥을 싼다
네가 나를 깨워주기만 기다리는

너의 남자는 나의 이별이고
네가 오기만 기다리는

나의 남자는 너의 바람
찰그랑 찰그랑

어둠 속에서
앵무鸚鵡하는

이름을 바꾸며 자라는 나무
날마다 눈빛을 바꾸는 어처구니

하늘은 마른기침하는데
앵무새는 앵무의 꿈을 꾸고

얼굴 없는 말들이 떠돌고

속눈썹에 수많은 말들이 매달려 있다
풍경처럼 딸랑거리는
얼굴 없는 말들이 떠돌고
비에 젖은 치마에 달라붙은 빗살무늬 말
온몸에 그리는 몬드리안 격자무늬
말이 산에서 흘러 내린다
불안과 두려움
부자들은 모두 뚱뚱한가
도둑은 모두 날카로운가
내 나라 내 조국은 안전한가
바람으로 떠도는 도시는
번지 없는 망명자의 주소로 들썩이고
나무 돌 바다 침묵으로 매장된 눈빛
이스트로 부풀어지는 책 속에
어슬렁거리는 그림자
날짜와 요일이 거꾸로 흐른다
내가 한 사람을 사랑하고자 하는데
까마득한 느낌과 냄새로 이기적일 필요 있나
언어가 자꾸 미끄러진다
죽어버린 언어
작은 벌레처럼 목소리 숨기는데

늑대와 시인

긴 꼬리 달린 늑대가
한 시인의 주변을 어슬렁거린다
목젖까지 꿀럭이는 울음소리
음울하고 축축한 시어가 죽음을 질투한다
보송한 시를 사랑한 시인
그녀는 가마솥에 시를 끓이고
더위보다 무례한 추위와 혼숙하며
그를 안았을 때 몸에서 나는 향기
그를 만졌을 때 떨리는 손끝의 선입견
그녀의 시는 너무 추웠으므로
냉골에서는 그 시를 읽을 수 없었다
구들장 뜨거운 거기에 충분히 데운 후
홀로 늑대 되어
세상의 변두리를 배회한다
그녀의 문자는 웃고
혹은 기울어진 화장실처럼
비틀린 몸짓으로 사람들과 부딪쳤다
밤이 또 구부러진다
풀의 사막에서 죽는다면 새가 되게 해달라고
바람으로 휘파람을 재울 수 있다면
물과 불로 태어나

마트로시카

뽀루지 같은 사랑이 대숲 거기에서 운다
안주 없는 잔술을 마시며 또 운다
밖이 보이지 않는 창문들
나 대신 흔들리는
어두운 벽
세모 창 네모 창
마름모 창 동그란 창
기억 니은 디귿 리을 창
열리지 않는 창이 수없이 많은
그러나 이 주점에 한 번 걸려든 사람들은
경상도와 전라도 말투가 섞인
아니 그것도 아닌
충청도와 강원도 억양이 섞인
늙수그레한 코 큰 아저씨에게서 떠나지 못한다
발 잘린 비둘기가 그곳에 있고
목 잘린 닭의 발이 걸어 다니는 식탁
막걸리와 맥주 소주도 있지만
나는 잔술 파는 그곳에서 밥을 먹는다
벽에는 낙서가 있다
하트도 그려져 있다

벽의 중간쯤 화무십일홍이라며
그 아래 개과천선하겠다는 낙서들
염증이 번지듯 아픈 울음이 멈추길 바라며
뽑기 인형처럼 누군가에게 걸려들고 싶다는 생각을 한다

____ 제2부

본능에 대하여

나는 암사마귀인가
사마귀를 보면 무서워 도망치던 어릴 적
검지 손 등에 팥알만 한 군살이 돋았던 적
그것을 칼로 베며 피를 보았던 적
실로 묶어 떨어지길 기다렸던 적

나는 숫사마귀인가
사람이 건드려도 도망치지 않는
어떤 추태와 비난에도 당당한
적수가 나타나면 일단 덤벼든다
때가 되면 짝짓기도 생각난다

짝짓기하니까 생각나는데
사마귀도 짝짓기가 끝나면 수컷을 잡아먹는다
고수는 재빠르게 도망하여 살아남는다
또 다른 사마귀 만나 짝짓기 하겠지
그러다 결국 잡아먹히겠지

나는 사람이다
양치질을 아무리 해도 개운치 않다

징하디징한

내가 뭐 어때서 나 보고만 뭐래
내가 뭘 어쨌다고 나보고

가을 뱀은 돌짝 밑 엉큼하게 똬리 틀고 있었다
나는 발판석 무거움을 낑낑대며 나르고 있었다
그 숲은 뜰을 지나야 닿을 수 있었고
무지막지한 돌판은 지난여름 내가 날라다 놓은 것들이었다
그것도 낭만이라고 숲속 산책길을 만든 품새였다
칡덩굴과 거미줄이 폐가 어느 골방에 닿듯
쩍쩍 달라붙어 떨어지지 않는 습한 저녁
연체동물 특유의 매끄러움으로 꿈틀대는 뱀 보았다
새끼여서 덜 무서웠다고나 할까
바닥은 나였고 뱀은 너였으니
진정되지 않는 가슴을 진정시키고
커다란 돌판석을 들자마자 나는 쾅
뱀은 도망치지 않았다
굵고 윤기 나는 몸으로 돌돌 말린 꼬리를 풀지도 않았다

쳐다보면 어쩔래 확
그냥 내버려 두고 건드리지 마

도둑처럼 가버린 너에게

사랑은 원래가 외로운 것

외로워서 사랑을 원한다는 것

외롭고 외로워서 외로움 모르는 거미

거미는 사랑이 끝나면 수컷을 잡아 먹는다

암컷의 뱃속에서 한 몸 되는 것이다

액체였다가 고체였다가

물이었디기 끈이었다가

거미는 액체로 고체를 뽑아낸다

빛과 거리를 두고 혼자 살아가는 거미

그네에 매달려

가로줄과 세로줄의 베틀에서

우주의 큰 집 짓고

그 집을 부수고

그러려니 아픔 내려놓길

거미 같은 여자가 훌쩍이고 있다

못

내 몸에서 피가 흘러나오는 순간

빨강의 맛이 새콤하거나

신선한 선지의 액체였을 때

나는 흥분하기 시작한다

피가 말 걸어와

유리창이나 거울 속을 떠다닌다

벽을 타고 기어오르다 허공에 매달리고

떨어져 묻히기도 한다

어디에도 도달할 수 없는 말들

그것은 침묵이고 소음이고

껌 씹을 때 터지는 풍선이기도 하다

누군가 뱉어놓은 말이 쌓인다

말은 어눌해지고 나는 박힌다

나는 모자를 싫어해

너는 나의 새를 물어뜯고 있지
나는 그것을 탓하지 않지
네가 자신 없어 하는 것을 알지
나는 웃지, 피식
큰소리로 노래해도 탓하지 않지

내가 노래에 자유롭지 못해 하는 걸 아는 사람은 없지
나는 헤프다는 소리 듣지 않았지
나에게 새가 있을 것 같다는 말을 들었을 때
나는 피식, 그냥 웃지

니체가 나를 흔들 때도
자라투스트라가 나를 욕할 때도
모차르트와 쇼팽이 나를 할퀴어도
나는 칸딘스키의 그림 속에서 음악을 들었지

프로이트 곁에서 서성일 때
엄마는 나에게 가게나 잘 보라고 했지
정종 대짜를 잃어버렸다고 뒈지게 혼나고
집을 뛰쳐나가 맴돌다
해 저물어 밤새 밖에서 서성였던 내가

굼벵이의 꿈

취미와 취향을 말하세요

뭘 좋아하나요

묻지 말고 말해봐요

뭘 알아야 맞춰보죠

제가 좋아하는 걸 알아서 뭐 하게요

미팅은 궁금하지만 취조는 싫어해요

궁금해하지 마세요

그러면 저는 매력을 느끼지 못하거든요

까칠한 싸가지가 좋아요

하지만 건방진 건 못 참아요

겉으로만 도도한 속으론 따뜻한 게 좋아요

화장품은 달팽이

술은 발렌타인 위스키

카스와 테라가 섞인 카스테라도 좋아요

옷은 홈쇼핑 3종 또는 5종 세트

커피는 아메리카노

노래는 트로트 차차차

안경은 돋보기

색깔은 주황과 민트와 연두

음식은 스테이크

영화는 죽은 시인의 사회와 그랑블루
음악은 사라사테의 치고이너바이젠
이 정도면 춥춥
어디 이 정도만 맞출 짝 없나요

나를 고발한다

L은 나의 연인

L과 함께 있는 것도 아니고

L과 헤어진 것도 아니다

L은 있는 것도 아니고 없는 것도 아니다

나는 나를 들여다본다

거울 속에서 말들이 걸어 나온다

첨벙거리기도 하고

삐걱거리기도 하고

죽기도 하고 살기도 한다

L은 나의 과거였다가

L은 나의 현재였다가

L은 나의 미래였음을 고백한다

잠결에

한낮 뱀이 울고 있다

화장실 바닥에 깔린 머리카락 주워 꽃을 만들었다

탈곡기에서 내 영혼이 털리는 소리

변명이 벽에 부딪혀 멍이 든다

늙어가며 깊어지는 것들 사이에서 우울하다

타인의 속도를 따라가지 못하고 나의 속도를 고집한다

뮤즈여,

들 물과 날 물의 본능으로 뱀의 머리를 핥는다

단두대

너의 노래는 슬프다

청춘은 설레지 않는다

미래가 불확실하고

장래는 더욱 알 수 없고

확실에 대한 불확실을 탓할 수 없는 처지다

그렇다면 그림은 확실한가

당신은 이미 폐암 말기군요

각혈을 쏟고 북어포처럼 말라가는 말기예요

눈은 퀭하고요

코는 더 오똑해요

입이 있어도 언어를 잃었죠

말할 수 있는 시간은 얼마 남지 않았어요

요양병원으로 가야 한대요

모르핀으로 고통을 잊어야 한대요

마약을 하고 싶지 않지만 아파서 미쳐요

노년은 즐겁지 않아요

과거는 흘렀고

지난 일들은 모두 소용없는 것

붙잡는 손의 앙상한 뼈들

바짝바짝 북어포처럼 말라가는 중이에요

허스키

남자가 여자 목소리를 내는 것
여자가 남자 목소리를 내는 것
그 소리 듣는 나는 불안하다
기억이 잊지를 못한다
허스키한 목소리는 나를 뒤돌아보게 한다
떨리는 목소리는 내 가슴 떨리게 한다
잔잔하고 포근한 목소리는 나를 편하게 하고
촉촉하고 다정한 목소리는 죄책감을 갖게 한다
소리들은 우중충하기도 하고
침침하기도 하고
나른하기도 하고 음란하기도 하다
몽롱하다 멀쩡하다가
경박하다가 축축하기도 한
말랑거리다 뾰족하기도 한
허스키는 나를 설레게 한다
니체를 읽고 베르베르를 그리워할 때
애써 태연해지는 나르시시즘

마키아벨리

나의 오후를 잘근잘근 씹는다
말도 안 되는
뜻밖의 햇살이 머리 위로 흘러내리고

나의 새벽은 창문에 길게 누웠다가
아침을 일으키고
밤을 만나 밤을 벗는 일상

애당초 종달새는 없었다
아무 데서나 툭, 하고 튀어나오는 말

너는 애당초 샤워 꼭지였고
애당초 변기였고
애당초 모른 체하는 손짓이었다

너의 전화를 받고
너의 목소리를 듣고
너의 부름에 달려갔던 어떤 기분

묵혀있던 죽은 말들이 우르르 쏟아지는 듯

긁적이는 머리에서도 흰 말들이 쏟아지듯

너의 부재는 간청 가득한 부탁
네가 없는 오늘 나는 해삼 멍게 개뿔

참나,

PC를 포맷하지 않고
하드디스크만 교체했다고 한다
잘 보관했다가 다시 달랬단다
수많은 복제품과 백업들이
거리를 활보하고 있다

너는 너이고
너는 그 여자이고
너는 그 딸이고 아들이고
너는 그 어머니

거리는 좀비들로 가득차다
목소리를 빌려오고
얼굴에 파일을 씌운다
나는 나를 알아보지 못하고
서로 만나도 모르는 척

내 안에도 다른 사람의 복제품이 들어 있다
누군가를 모방하고 따라 하는 것
이미 나는 기호로 소통할 뿐이다
참나, 참나는 참는 것인가
PC가 피씩 웃는다

목격자

나는 창에 커튼을 달지 않는다
뜨거운 빛으로 가난했지만
첫 내 집 마련했을 때
나에겐 소원이 있었다
창마다 커튼을 달아 햇빛 가리고
아침 되면 눈 뜨자마자 눈곱 떼며
눈 비비며
우아하게 하루를 열면 행복할 것 같았다
소원은 갖지 못했을 때
가진 것 없을 때 더욱 절실해지는 것
나는 모든 것이 부족했고
커튼이 없는 방은
벌거벗은 내 몸을 여과 없이 드러냈다
창으로 뜨거움이 들어오면
가난한 내 모습 부끄러워
카펫 커튼으로 가리곤 했었다
나는 모자를 싫어하는 것처럼
커튼은 거추장스러운 짐
꿈이 꿈속에 갇히지 않게
창 커튼 달지 않고 산다

소주 한잔 포차에서

소주 한잔 포차에서였다

컴컴한 천정을 날아다니는 투명한 입

비누 냄새가 나지 않는 말들을 하며

킬킬대는 남자들의 이야기

그들은 팬티 속 죽은 풀을 지렁이라고 했다

아무 느낌 없이 어둠 속에서

과거 스쳐 간 그녀들을 불러온다

그제야 서서히 일어나는 지렁이의 몸통

일어서지 못하는 놈은

죽음이 가까이 있다고 생각했다

잠깐 엿들었던 세계에 대하여

학대하기 시작詩作

나의 귀는 순간 고립으로 떨렸었다

소가 웃는다

12월은 허상虛賞의 계절
상 받으러 가는 날이 가까워
설레기도 하련만
상賞은 상商이 아니어야 하는데
상尙으로 상傷이면 어쩌나
상상想像컨대
상賞 중의 가장 진솔한 것은
너와 내가 마주 보는 상상床詳
꽃다발을 보고도
상패를 받고도
상금이 든 봉투를 쥐고도
감흥 없는 이 기분
상을 받고 나서도 어둠 쓰리다
상을 받고도 헛배 부르다
헛헛하니 허기진다
웃으면서도 슬프고
웃고 나서도 간 쓸개 다 빠져
웃는 사진 속 나를 보는데
지나가던 소가 나 보고 웃고 있다

____ 제3부

충돌

숲이 옷을 다 벗어버리고
나뭇가지에 걸친 그물이 새처럼 조잘댈 때

아랫도리가 시큰할 때
네 앞에서 내가 발가벗을 때

여관은 사랑 나누기에 너무 헤퍼서
찜질방 귀퉁이에 쪼그리고 앉아 비틀었던 기억

예술가는 아이를 낳으면 안 된대
사랑하는 이가 있다는 것은 치명적인 약점

사과가 툭 떨어진다
부릅뜬 고양이의 눈이 보인다

발과 말이 연결되는 아침
칼보다 무서운 출렁 쭈글쭈글 말라간다

삐그덕

사막이 고향인 두 녀석을 데리고 바닷가 산책했는데
바닷가 모래는 그들의 향수 느끼기 충분했는데
앞발로 화장실 파는 동안 나는 바다만 바라보았는데

당신과 나는 아직 냉전 중이고
나는 냉골인 창고에 처박혀 사이렌 울리는데
고양이는 배 깔고 누워있는데

바다에서는 그렇습니다
하루에 두 번씩 이별하고 다시 만나
언제 그랬냐는 듯이 같이 밥을 먹고 있습니다

화엄삼매

발가락에 채인 물의 온도가 뜨거웠다면

너는 소리 질렀을 것이다

외마디 폭죽 같은 불꽃으로

사방 다 튀겼을 것이다

이미 뜨거운 물도 식어

온기가 없어진 지금

물기를 없애려 걸레질이거나

빈 그릇에 주워 담고 있을 것

물의 양은 거기에 다다르지 못하고

탁류의 찌꺼기로 남아 고여있을 것이다

모래의 시간

상갓집 구두를 세다가
영정 사진 앞에서 숙연해진다
모르는 영정 사진 속 어머니에게 절하고
두 번 반 절을 하고
모르는 상주와 마주 절하고
한 번 반 절을 하고
아는 상주 찾아 상에 앉아
상조회 회원이 날라다 주는
소고기 뭇국과 밥이 있는 상차림 앞에서
담장 너머 핀 매화에 대하여
꽃샘추위 산불에 대하여
고민, 고민하고 있는데
국회의원도 오고
시의원도 오고
소방서 직원도 오갔다
태반 모르는 사람보다
언젠가 한 번쯤 마주친 사람들이 더 많고
그때마다 꾸벅 인사를 하고
악수하며 얼굴 보며 웃었다
상갓집의 구두는 늘 그만큼 쌓였다 흩어지고

조화로 만들어진 길 따라

걸음도 총총 바빠지는 문상객들

상갓집처럼 훈훈할 수 있을까

추운 겨울의 상갓집은 만남이 이루어지는 곳

누구라도 기별 오고 부름 있걸랑

기꺼이 그곳에 다녀오시길

꿍

이혼서류에 도장 찍고 흔들린다

매미 우는 아침 되어도 흔들린다

지저귀는 새소리에도 흔들린다

피어오르는 연기에도 흔들린다

흔들려야 사람이지

흔들리지 않으면

그게 사람이냐며 눈 흘기는 개 있다

세찬 비바람 맞으며 흔들리다 뿌리 뽑힌 블랙홀 보았다

나 이제 잔잔하고 싶다

천천히 조금씩만 흔들리고 싶다

우린 진행 중

코로나의 마음은 봄바람 닮았네요

싸늘했다 훈훈했다 멈췄다 숨었다

바람둥이 봄바람

지금은 싸늘하게 숨어 있는 중

의료인과 봉사자들은 술래

마스크는 서로의 안부를 묻는 등불 되고

사람들은 불가근불가원

위기에 강한 대한민국의 저력을 보여주마

게 물러서거라!

하지만 우린 아직 진행 중입니다

대한의 태극기는 계속 펄럭여야 합니다

현기증

자물쇠를 보면 편하다

열려있을 때 보다

잠겨있을 때가 더 깊어진다

그녀는 언제를 원제라고 말하고

세상에를 시상에라고 한다

그녀의 말투에 흙냄새가 난다

태생이 그런지 말할 때마다

목에 힘줄 돋아나는데

그것은 절벽에 붙은 소나무 뿌리 같다

핏대를 세워 큰 소리로 말하면

자물쇠가 열려

뱃속의 피 솟구치며 불안하다

중얼중얼 가르릉

그녀의 꽉 다문 입술은

잠긴 자물쇠보다 딱딱하다

아이러니

나는 거저 사는 따개비가 싫어졌다

집은 사는 것이 아니라 사는 것이라고 했다

어부들이 집어등 켜듯 너를 잡기 위해 등 켠다

나는 고래상어가 두렵지 않다

거짓말은 거짓말을 낳고 또 낳고

고래 등에 붙어 사막을 건너려는 상어가 있을까

사는 것이 사는 것보다 더 싼 하우스푸어의 나이

왜

왜 그랬을까

오늘은 억지로라도 웃어 지지가 않아

참 이상한 일이지

여우가 거짓을 말한다는 걸

여우가 모두를 기만하고 있다는 걸

알면서도 모른 척했지

서로 눈을 마주치고 웃지만

그건 음흉한 눈속임, 알지

오늘 참 이상한 날

억지로 웃으려 했어

별을 속일 필요는 없잖아

너다운 모습으로

환한 도박이나 걸었으면 해

제발 오늘 억지로 슬프지 않았으면 해

격세지감

그러지 마라
그게 뭐라고
시궁창 냄새나는 곳으로 가려 해

시집詩集은 아무나 가나
시인是認은 아무나 하나
시시視時한 고민 좀 해봐

으스대고 싶은가
높이 오르고 싶은가
당당하게 떳떳하게 겨루면 되지

그러지 마라
그게 뭐라고
네 허파까지 속여가며 앉으려 해

물렁한 오후

콧잔등 피지가 막혀
붉은 반점으로 부풀어 오르는
그 아픔으로 너를 부른다

아리고 쓰라린
차마 건들지 못하고
꾹꾹 누르기만 하는 종기

그렇다고 터트리지 못하는
머리끝까지 치솟는
응어리

제비꽃 안고 가련다
보랏빛 사랑 기다리련다
모든 잘못은 내게 있었다

클랙슨

나는 누군가의 흉터로 산다

신문이나 우편 치킨 배달부는 바람이다

바람으로 세수하고

바람의 나뭇잎으로 펄럭인다

툭 던져지는 신문에 비해

말을 거는 우편은 다정하고

치킨은 관능적이다

모두의 바퀴는 둥글다

사건 사고로 글이 누워있는 신문과

말을 거는 간절한 문장의 편지

글과 문장을 해체하는 클랙슨

그는 치킨 배달부

그녀는 우편 배달부

나는 신문 배달부

국수 만찬

하얀 속살 빨갛게 비벼
고명 없은 비빔국수 위에
간자미 무침과
삶은 달걀 반쪽이
속 드러낸 채 발랑 드러누워 있다
네가 달걀노른자였더냐
비빔국수 위에
노른자만 뒹굴고 있었다면
제자리 얌전히 지켜낼 수 있을까
흰자의 울타리 있었기에
어울림 있는 것이란다
하루를 버티지 못하고
잘난 척 한 것이
오만한 것이
얼마나 초라하더냐
비빔국수의 어우러짐이
갖은 고명의 울타리가
자리 마당 되는 거란다
사랑 싹트고 잔정 쌓이는 거란다

탓

세상에 태어나
비뚤고 싶은 사람
어디 있나요

비도 수직이었으나
바람에 사선으로
떠밀렸을 뿐이어요

때때로 비뚤어지는
내 마음 어디
당신 탓이라 할 수 있나요

공중에 떠 있는
거미줄에 걸린 낙엽이
잠시 흔들렸을 뿐인걸요

방하착放下著

반장 하고 싶은 사람
손들랬더니
검은 손들이 우르르
저요 저요

간 쓸개
다 빼놓고
무조건 들고 보자
검은 하얀 손 번쩍 들길래

하얀 줄 알았지
저요 저요
하도 당당해서
그런 줄 알았지

하얀 검은 손이
쭈글쭈글
그러면 되는 줄 알았다네
그래도 되는 줄 알았다네

자격 갖추고 겸손한 사람

다시 손들어

어른 되어서도

뻔뻔할 사람은 손 내려

제4부

청춘예찬

오늘은 호수에 봄이 꽉 찼네

부채모양의 호수공원이 느낌표라면

윤슬의 저녁놀은 따옴표 되겠네

새 날아들고 아이들 지저귀는 소리

서산중앙호수공원 정자에 앉아 낙타를 바라보네

스무 살의 버드나무가 휘어진다는 것은

곧은 대나무보다 더 날카로운 성을 내는 것

청벚꽃으로 봄을 잉태한

느낌표 같은 호수 속

진흙 연꽃으로 여름이 피어나고

가을 단풍 붉은 청춘 살랐던 곳

녹슨 우리 사이 삐거덕 삐걱해도

세상의 대지인 너 기다리네

신장리 가는 길

서산 해미 지나 음암면 신장리에 다다랐을 때 '청춘예찬마을' 표석이 덩그러니 쓸쓸하다 학창 시절 중학교 국어 교과서에 실린 그 청춘예찬을 딸딸 외우라던 선생님의 말씀 아직 생생하다 듣기만 해도 설렌다는 그 말! 문학관이 이곳에 생겼으면 좋겠다

소의 느린 걸음으로 해미 지나 서산으로 진입하는 도로 갓길 그곳을 지나도 발견하지 못하는 청춘의 마을이 있다 느려도 너무 느린 거 아닌가 그곳을 지나도 발견하지 못하고 지나치는 청춘예찬마을 이곳 서산이 청춘예찬의 고장이란 걸 아시나요

지금이라도 민태원의 이름을 살리자 세상의 청춘들에게 희망을 심자 누구나 즐겨 찾는 꿈의 쉼터로 만들었으면 우울한 시대에 용기를 심어주기 딱 좋은, 문학정신을 기리기 위한 문화공간이 그곳에 만들어졌으면 좋겠다는 생각

너희는 이곳으로 오라 우울한 시대에 용기 심어주기 딱 좋은 터! 이 얼마나 행복한 기대인가 문화예술 공간이 그곳에 만들어졌으면 좋겠다는 바람, 음암면 신장2리 생가터가 있는 이곳에 청춘을 지으시라 서산은 영원히 피 끓는 청춘 예찬이어야 한다

불

바이러스만 태울 것이다

불의 근원지는 나였으나

소문은 연기가 다 내고

무성한 억측과 분노는 바람으로부터 되돌아왔다

바람은 나를 범죄자로 만들었고

상관없는 밑바닥을 캐며

스멀스멀 연기를 피워 올렸다

불을 낳는 것

붉은 달의 산란으로 춤추는 꽃불

시베리아 북서풍의 역풍으로 불바다 된

모두를 염하듯 번지는 불꽃

사라지지 않는 연기

소문은 생각보다 훨씬 멀리 퍼졌다

머리 감고 샤워해도 사라지지 않는 불내

샤워하고 난 후에도

손끝을 코에 대고 킁킁

구아바

나는 나무다
나를 벤다
종이 위로 흐른다

살아있는 육즙
죽어서도 살아나는 열대야

나는 살아있다고도
내가 죽었다고도 볼 수 없다

절필의 시간이 왔습니다
잎을 말려야겠군요
연분홍만 살리겠습니다

금 긋고 입을 베었다
얼굴이 일그러진다

살아서 죽어가는
죽어서 살아나는 나는
붉은 종이 씨앗 물어 페루로 간다

투명

나를 드러내고

나를 떠나고

손 흔들어도 못 본 척

떠나는 뒷모습 보고도 안 본 척

속 드러낸 나만 랄랄라

참골무꽃

깡마른 너를

살 것 같지 않아 무덤을

젖을 빨지 못할까 봐

삽질하는 내내 흘렸던 눈물

웅덩이에 한가득이다

짠물이 너를 살렸나 봐

앙상했던 팔다리에 붉은 꽃 피었다

긴 허리 틀어 뽐내는 보랏빛 젊음아

너를 보면 초록이 용솟음친다

발바닥에 못 박히도록

걷고 또 걷는 봄 내내

척박한 황무지 틈 지천으로 깔아놓고

나를 건드리지 말란 말

변심해도 괜찮은가요

컨테이너의 밤

사각사각 사과 깎는 소리
스팸 따는 소리
라면 봉지 뜯는 소리
냄비뚜껑 닫는 소리

김치냉장고와 세탁기 돌아가는 것 말고도
와인과 맥주병 따는 소리
컨테이너 내부는 온갖 소리가 교향곡이다

도마 위 낙지 치는 탕탕
바지락 입 여는 뻐끔
소라 해삼 꿈틀대는 쓰윽

마시는 소주 꿀꺽
뒷맛이 더해지는 캬 음정
입 다시는 쓱 박자
사르르 기어 다니는 돈벌레의 리듬이 협연이다

벽에 붙은 전자시계 속 붉은 숫자가
점멸신호등 되어 깜박거릴 때
각자 집으로 돌아가는
발소리조차 삶의 은유 되는 밤

빈 거울

나는 거울의 마음 잘 모르고

거짓을 눈치채지 못하고 눈만 끔뻑거렸지

뭘 모르고 박수!

거울에 대한 염려는 염려로 끝나지 않았지

노랑을 속일 만큼 빨갰던 것

초조한 마음이 불안 되고

충분한 증거가 나오자 화를 냈고

똑같은 얼굴로 반사되는 거울 앞에서

청년이 중년 되고

중년이 노년으로 가는데

시인되겠다고 시 쓰던 그 모습 사라졌지

거울아, 거울아

네 앞에서만큼은 초라해지지 않기로

실수가 아닌 의도된 거짓은 안 하는 거로

아마도 그날은 거울이 비어있었나 보다

힘들면

힘들면 힘내지 마셔요
힘든데 힘내라고 자꾸 말하지 않을게요
힘내는 일이 얼마나 힘든 것인지
나는 알아요

기운 하나 없는데 쉽게 말하지 않을게요
힘도 있을 때 내는 것
힘내라는 말 덕담 같아도
영혼 없이 생색내는 말뿐이라는 것

처음 들을 땐 고마운데
자꾸 들으면 기운 빠져요
아무 말 마시고 물이나 한잔
눈으로만 해도 충분하죠

눈빛만 봐도
눈만 마주쳐도
그냥 어깨 빌려주시면 좋지요
당신도 힘들면 힘내지 마셔요

윤동주, 달을 쏘다*

오늘 당신 모습 볼 수 있어 온몸 소름 돋았습니다

가슴 뜨거워 본 지 얼마 만인지

당신이 내 심장으로 들어와 울 때

달을 쏘다

시를 쓰다

별과 바람과 하늘을 읽다

오늘 나는 당신 품속에서 부서지겠습니다

당신 그리워 손 잡습니다

저 북간도 어머니처럼 당신 안겠습니다

자발적 절필의 끝

'슬퍼하는 자는 복이 있나니'

잉크가 물들인 푸른 손

시는 우리에게 무엇입니까

우리는 어디로 걸어가는 것입니까

주삿바늘이 내 팔뚝을 찌릅니다

*서산시문화회관, 제22차 서산시 기획공연 3.1 운동 100주년 기념 서울예술
단 창작가무극 공연을 보고 시를 쓰다.

너를 예찬한다

바람하고 부르면 바람 되어 날아온다

구름하고 부르면 구름 되어 굴러온다

소식하고 외치면 소쩍소쩍 다가온다

바람을 들을 줄 아는 사람

구름을 부릴 줄 아는 사람

소식을 받을 줄 아는 사람

구름 속에 꽃나무 한그루 심고

햇빛 속에 편지 한 통 보내고

바람 속에 우표 한 장 부치고 싶다

구름에 비가 내려앉아 머문

바람 소리 읽으며 모래를 세는 동안

나의 첫 구름이었던 너

너의 첫 바람이었던 나를 쓴다

프록스의 얼굴들

동그라미 속에

작은 동그라미 또 여럿

그리다 만 이상을 안고

입 벌린 연탄구멍 속으로

사과 하나 밀어 넣는다

커다란 것 속에

작은 것 또 여럿

닿지 못한 꿈 피우려

타오르는 불꽃 속으로

다시, 뛰어든다

아홉 개의 구멍 뚫고

피어오르는 마그마의 열기

프록스*의 얼굴들이 춤춘다

*다년초 야생화로 5월~8월에 진분홍 꽃이 핀다.

낙화

나무 끝에 매달린 꽃이여

땅바닥에 흩어진 꽃이여

너의 생명은

떨어질 때까지

떨어져 낭자한

네 빛이 사라질 때까지

죽음이 아니라 삶인 것을

뿌리에서도 꽃이 핀다는 것을

청춘을 안고

청춘을 업고

청춘이 말라가는 저

저, 멀어진 가지 끝

매달려 있는 꽃과 다를 바 없음을 아네

자유로이 떨어질 꽃임을 아네

말라리아

답답하고 숨 막히면 따끔

신경 쓰고 스트레스 받으면 따끔

왼쪽 머리만

왼쪽 모가지만

귓구멍도 따끔따끔

오래 앉았다 일어나면 목덜미가

멀쩡한 허리도 발뒤꿈치도

이러다 늦게 될까 뜨끔거리기도 하는 따끔

작은 풀잎

그는 고독이 두렵다고 했다
죽음이 두려워서
덧없음이 두려워서
심지어 미움이 커서
힘을 잃을까 불안해했다

죽음에 대하여
기억에 대하여
시간에 대하여
또 부조리에 대하여
숨겨놓은 미로에 대해 고민했다

언어는 정지되었고
문장은 해체된 그 후로
그를 본 적 없는 사람들로 가득 찬 지상
회색 언론들 와글거리며
그를 공중으로 끌어올렸지만

죽음에 대하여
기억에 대하여
시간에 대하여
정작 존재에 대하여 입을 열지 않았다

놀라운 열정과 시적 폭발력

김완하

1. 4년간 펴낸 5권의 시집

오영미 시인은 최근에 이르며 대단히 놀라운 시적 폭발력을 보여주고 있다. 필자가 오시인을 처음 만난 것은 2015년 6월경으로 기억된다. 서산의 '소금꽃동인'들이 문집을 낸 축하의 자리에서였다. 그때는 오영미 시인이 첫 번째 시집 『서산에 해 뜨고 달 뜨면』(2008), 두 번째 시집으로 『모르는 사람처럼』(2012)을 낸 상태였다. 동인들과의 대화에서 오시인이 보여준 창작에 대한 열정이 강했기에 대학원에 진학할 것을 권유하였더니, 그해 2학기 한남대학교 대학원 문예창작학과 석사과정에 입학하였다.

대학원에서의 공부가 그에게는 시창작의 새로운 물길을 열어주었던 듯하다. 그 이후 오영미 시인에게는 이전의 시세계와 전혀 색다른 감각의 시들이 새롭게 태어난다. 그리고 그것들은 대단히 폭발적인 양상으로 전개되어 나타났다. 그 결과로 세 번째 시집 『올리브 휘파람이』(2017), 네 번째 시집 『벼랑 끝으로 부메랑』(2018), 다섯 번째 시집 『상처에 사과를 했다』(2019), 여섯 번째 시집 『떠밀린 상상이 그물 되는 아침』(2019)으로 이어가며 솟구치는 열정을 보여주었다. 그리고 그 열정을 이번에 일곱 번째 시집 『청춘예찬』(2020)으로 펼쳐내는 것이다.

이러한 창작력은 가히 놀라운 것이라 말할 수 있다. 보통 시인들이 3~5년 만에 시집 한권씩을 내고 있는데 오영미는 최근 4년 동안 매년 1권 이상으로 무려 5권을 몰아쳐 내고 있으니 말이다. 이렇게 시집을 낸다는 것은 대단히 쉽지 않은 일이라 할 수 있다. 또한 그의 시는 양적인 것만이 아니라, 시적 역량 또한 상당히 높은 성과를 보여주고 있기 때문이다. 그렇다면 이렇게 놀라운 창작력은 어디에서 오는 것인가.

그것은 시인의 생에 어떠한 계기가 있었을 것으로 미루어 볼 수 있다. 우선 대학원의 강의로 인해 창작에 전기가 마련되었다고 본다. 그점은 시인이 여섯 번째 시집 말미 "나의 시 창작세세"에서도 자세히 밝히고 있다. 가령 시인의 내면에 잠재하고 있는 창작적 에너지가 새로운 환경을 통해 자극될 때 역동적인 힘으로 분출될 수 있기 때문이다. 또한 그의 생에서 개인사적 삶의 전환이 이루어지는 경우도 상정할 수 있다. 그 세세한 것까지는 알 수 없고 또 거기까지는 이곳에서 논외의 장이라 하겠다. 다만 오영미의 다섯 번째 시집의 해설에서 그 단초를 살필 수 있다. 조해옥은 오영미 시인은 3, 4, 5시집에서 아픈 존재들의 서사를 노래하였으

며, 『상처에 사과를 했다』는 울음과 고비의 시간을 넘긴 후에 써
내려간 자기 구원의 기록으로 나타난다고 하였다. 우리는 자신이
불행하다고 여기는 현실에 맞닥뜨리게 되었을 때, 그 이유가 무
엇인지 전혀 알아차릴 수 없으며 이해할 수 없게 되는데, 오영미
시인은 그것을 자신의 삶을 압도하는 모순과 불합리함으로 ‘안
개’ 감옥이라 인식하고 있다고 지적했다.

오영미 시인의 시적 폭발력은 이번 시집 『청춘예찬』에서도 살
필 수 있다. 그의 시집 속에서 그것을 확인할 수 있는데, 그것은
대략적으로 그의 시에서 언어에 대한 탐구의지와 상상력, 감수성
과 시적 열정 등으로 이해할 수 있다. 이러한 점은 그의 시를 통해
접근해보고자 한다.

2. 언어와 상상력의 힘

오영미 시인의 시는 다분히 메타언어적인 관점으로 접근하고
있다. 그것은 그의 시가 언어 자체에 대한 관심에서 비롯되고 있
다는 점을 의미한다. 어떤 면에서 모든 시인의 시는 메타언어라
할 수 있다. 왜냐하면 시 창작은 일상의 언어 운용 국면을 넘어서
언어 자체에 대한 인식으로부터 출발하기 때문이다. 그런 점에서
시는 1차적인 언어의 일상 용법을 넘어서는 2차적인 언어라고 할
수 있는 것이다. 그래서 이러한 언어의 운용을 철저하게 탐색하
고 전개해가는 과정이 곧 시 창작이라 말할 수 있다. 그런 차원으
로 살펴보면 오영미의 시에는 유난히 시, 시인, 시쓰기, 글, 문장,

말, 언어 등에 대한 관심이 많이 나타나고 있다. 이러한 점들은 오영미가 보여주고 있는 시인으로서의 성실하고도 진지한 자세라고 할 수 있겠다.

먼저 그의 시에서 언어적인 관심을 보여주고 있는 시를 살펴보도록 하자. 그의 언어에 대한 관심은 상상력을 동반하여 확장되어 가면서 시에 깊이를 부여해주고 있다.

언덕, 하고 말하면
저 너머에서 누가 올 것 같다

언덕, 하고 부르면
시간이 구부러질 것 같고
창문이 휠 것 같아

나는 소설을 쓰고
장미는 시를 쓰고
담쟁이는 산문을 쓰지

언덕을 오르면 모네의 그림이 출렁이고

온갖 꽃으로 장식된 말들이
우르르 뒹굴며 꽃멀미 하게 되지

-「언덕」부분

이 시는 '언덕'이라는 단어에 대한 관심으로부터 출발하고 있다. 때에 따라서 단어 하나에 대한 집중력을 가지고도 시가 발생할 수 있는 것이다. 그래서 이 시는 '언덕'이라는 발음의 원리를 중심으로 그 뉴앙스와 함께 살피고 있다. 소리글자인 한글에서 발음구조는 혀와 입안의 역학구조를 중심으로 체계화되어 있다. 한글의 자음과 모음은 발음기관의 모양과 그 구성을 토대로 만들어진 것이 특징이기 때문이다. 그래서 한글은 뜻글자와는 다르지만, 그러나 상당한 발음은 의미와 연관이 되어 있다. 그것과 함께 시에서 모든 소리는 의미와 통한다는 점과 연관되어 이 시에서 '언덕'은 소리와 의미의 상관성을 떠올리게 한다.

"언덕, 하고 말하면 / 저 너머에서 누가 올 것 같다 // 언덕은 기분을 상쾌하게 하고 / 꽃들이 하늘거리며 흔들릴 것 같다"거나, "언덕, 하고 부르면 / 시간이 구부러질 것 같고 / 창문이 휠 것 같아", "언덕을 오르면 모네의 그림이 출렁이고" 등에서 절묘한 소리와 의미의 결합을 보여주고 있다. 혀를 위의 앞니 안쪽에 대었다 뗴는 순간에 발음이 되는 '언덕'은 힘겹게 비탈을 딛고 올라서는 혀의 동작과 맞 물려 그 의미와 이미지를 생성해주고 있는 것이다. 즉 위 시는 그러한 혀의 움직임과 '언덕'의 공간적 위상이 닿아 있다고 보는 것이다.

지금 나에게 우물은 우울이다

그와 통화한 후

모든 우울이 우물로 변했다

우울 같은 우물이 중얼거린다

우물쩍 거리는 우울

우물에 갇히고

우울함이 쌓이는 우물

내가 우물에서 숭늉 찾는 여자가 된 것 같은 기분

난 물을 푸러 갔는데

왜 자꾸 숭늉을 마시라 하는지

단지 난 우물에 비친 나를 확인한 건데

그 물은 자꾸 흔들려 내가 보이지 않았다

전화 건 그가

우울해하지 말라고 하네

우물에 달이 차 출렁이는데

울지 말라 그러네

원산도 거기서 닷새 동안 멍했네

고래고래 소리 지르는 고라니

발정 난 짐승의 음산한 위로

소주 다섯 병에 잊을 수 있을까

바다가 나를 이해할 수 있나

그가 가져온 사과 두 상자로 사과가 되나

이내로 쑤셔박히고 싶다

똑같은 내용에 똑같은 주문

잊을만하면 전화로 위로를 하네

나는 우물에 갇힌 물

그로부터 쌓이는 우물우물

- 「통화하고 난 후」 전문

　이 시에는 동음어를 기반으로 하는 PUN을 통한 기법이 적절하게 작용하고 있다. 시인은 '우물'과 '우울'이라는 단어가 갖고 있는 음운론적 유사성을 살려서 새로운 국면으로 전개해가고 있다. 이 시에는 메타언어적인 상상력이 맞물리면서 "지금 나에게 우물은 우울이다 / 그와 통화한 후 / 모든 우울이 우물로 변했다 / 우울 같은 우물이 중얼거린다 / 우물쩡 거리는 우울 / 우물에 갇히고 / 우울함이 쌓이는 우물"이라는 부분에서는 능란한 언어구사로 시적 묘미를 부가하고 있다. 오영미는 그만큼 어감이 환기시키는 의미 맥락을 심리적인 부분과도 잘 연관시켜가면서 시에 접근해가고 있는 것이다. 그러한 점들은 '우물'이 '우물쩡'이나 '우물우물'이라는 부사어로 전이되는 데서도 찾을 수 있다.

　이 시는 제목에서 암시하고 있듯이 시적화자가 누군가와 "통화하고 난 후"의 심정을 형상화하고 있다. 그리고 그러한 내면의 정황을 '우물'과 '우울'이라는 유사한 음정가치로 연결시켜가면서 시적 전개를 밀고나간다. 중간 이후 부분에서 보여주고 있는, "우물에 달이 차 출렁이는데 / 울지 말라 그러네", "고래고래 소리 지르는 고라니", "그가 가져온 사과 두 상자로 사과가 되나", "나는 우물에 갇힌 물 / 그로부터 쌓이는 우물우물" 등에서 구사한 언어의 넓고 다양한 의미와 깊이를 동시에 추구해가고 있다. 이를 통해 시인은 자신의 내면에 주체할 수 없을 것 같은 감정의 물결을 궁굴리고 다독거려 다스리는 것이다. 그러므로 이 시에 발휘되고 있는 언어적 유희는 곧 자기감정을 절제하기 위한 언어의 춤으로, 주문을 외우는 듯한 효과를 낳고 있다. 요컨대 이 시는 언어의 주술적 효과를 자아내고 있다고도 평가

할 수 있다. 그래서 일종의 랩과도 같은 노래 양식으로도 이해할
수 있게 된다.

　그의 이러한 언어적 관심은 곧 상상력과 연결되어가며 한 단
계 진전된 양상으로 세련되게 펼쳐 보여준다.

　　　별에도 뼈가 있을까

　　　그렇다면 울퉁불퉁할까

　　　길들여지지 않은 산길은 구불거리지

　　　네모는 세모를 꿈꾸고

　　　동그라미는 별을 꿈꾸지

　　　바다처럼 출렁이고 싶어 하기도 하고

　　　그믐 어느 때는 묘지를 헤매기도 해

　　　뼈 없는 목소리들

　　　밤사이 꽃잎 하나가

　　　내 방을 다녀갔는데 발자국이 없네

　　　돌계단은 별을 기다리고 있는데

　　　뾰족한 바람 불어

　　　눈동자를 흐불거리게 하고

　　　웃음 잘라 헤엄치게 하네

　　　얼음과 불

　　　밤과 낮

　　　여름과 겨울

　　　여자와 남자

물의 질량으로 이질적인 언어를 죽인다

가장 먼 곳에서 반짝이는 별

가장 신비롭게 다가와 하나가 되는 시

시에도 뼈가 있어 아픈 걸

나는 나의 타자

일요일의 별이 화요일에 뜨고 있었던 거기

- 「스테파네트의 별」 전문

이 시는 "별에도 뼈가 있을까"라는 첫 행의 물음으로부터 출발하고 있다. 첫 행이 이끌어내는 이 당돌한 전개는 시적 흐름을 자유롭게 열고 있다. 그러므로 '별'과 '뼈'는 상극이라는 관점에서 바라볼 수 있다. 그것들은 화려함과 초라함, 빛과 어둠, 따뜻함과 서늘함 등으로 대별되는 서로 다른 정서를 유도한다. 4행에서는 "네모는 세모를 꿈꾸고 / 동그라미는 별을 꿈꾸지"라고 했다. 이렇게 서로는 자신과 다른 곳으로 향해가고자 하는 것이다. 여기를 넘어서 저곳으로 나아가고자 하는 욕구가 빛의 속성이고 바로 그것이 시라고 할 수 있다. 그것처럼 시의 중간 부분을 넘어서며 "얼음과 불 / 밤과 낮 / 여름과 겨울 / 여자와 남자"에서는 상대적인 것들을 제시한다. 오영미에게 "가장 먼 곳에서 반짝이는 별"은 곧 "가장 신비롭게 다가와 하나가 되는 시"인 것이다. 역설과 모순을 넘어서 극과 극이 통하는 상태. 바로 그것이 시의 단계일 것이기 때문이다.

시의 마지막 부분 세 행에서 "시에도 뼈가 있어 아픈 걸 / 나는 나의 타자 / 일요일의 별이 화요일에 뜨고 있었던 거기"는 대단히 놀라운 표현이라고 할 수 있다. 오영미 시인은 별을 시와 동일시하고 있다. 화려하고 아름다운 별에도 뼈가 있으니 말이다. 그런데 좀더 깊이 생각해 본다면 별은 결국 어둠 속에서 빛나는 것이다. 그만큼 별은 고통을 딛고 빛을 발한다는 것이겠다. 그래서 아픈 것이다. 그것처럼 나는 나의 타자일 때가 있다. 내가 내 안의 나와 혼연일체를 이루지 못하고 어긋날 때, 그래서 일요일의 별이 화요일에 뜨는 것이다.

오영미의 언어에 대한 관심으로부터 출발하는 시는 그 안에 촉발되는 상상력을 통해서 새로운 방향으로 시를 밀고 나아가는 힘으로 작용하고 있다. 그러한 시적 열정이 폭발하여 나타나는 것이라 할 수 있겠다.

3. 감수성과 열정으로 청춘예찬

오영미는 섬세한 감수성을 가지고 있는 시인이라 할 수 있을 것이다. 그리하여 그의 언어에 대한 관심과 상상력은 곧 그의 감수성과 열정이 만나면서 한결 더 강화되고 심화되는 면모를 보이며 확대되어가고 있다. 그 결과 그는 시 쓰기와 시를 사랑하는 일에도 큰 열정을 쏟아내고 있다. 그것은 이번 시집 제목 『청춘예찬』에서도 잘 보여주고 있는 것이다.

나무 끝에 매달린 꽃이여

땅바닥에 흩어진 꽃이여

　　너의 생명은

떨어질 때까지

떨어져 낭자한

네 빛이 사라질 때까지

죽음이 아니라 삶인 것을

뿌리에서도 꽃이 핀다는 것을

청춘을 안고

청춘을 업고

청춘이 말라가는 저

저, 멀어진 가지 끝

매달려 있는 꽃과 다를 바 없음을 아네

자유로이 떨어질 꽃임을 아네

- 「낙화」 전문

　　오영미의 이번 시집에도 높은 시적 성과를 보여주는 시들이 많이 있다. 위 시는 이번 시집 가운데서도 절창으로 꼽을 수 있는 작품이라 하겠다. 한 행을 한 연으로 처리한 이 시는 여백의

미를 배경으로 하여 간결한 표현으로 형상화되어 있다. 그러나 그 짧은 행과 행간에 고이는 시심은 깊고 높아서 매우 돋보이는 시라고 평가할 수 있다. 오영미는 이제 막 피어난 꽃보다 지고 있는 낙화에 눈길을 더 주고 있다. 그래서 그의 사랑은 한창 꽃피고 있는 "나무 끝에 매달린 꽃"으로부터 떨어져 "땅바닥에 흩어진 꽃"에까지도 눈길이 가 닿는다. 이렇듯이 진정한 사랑이란 사랑의 순간을 넘어서 그 사랑이 끝났을 때 비로소 확인활 수 있는 것인지도 모른다. 그래서 그 사랑의 마지막까지도 변치 않고 가닿은 마음의 물결이 사랑일지. 그렇게 시인은 낙화를 통해서 "뿌리에서도 꽃이 핀다는 것을"을 깨닫는 것이다. 어쩌면 우리는 꽃이 질 것을 두려워하여 꽃이 피는 것을 주저하는지 모른다. 그러나 생각해 보면 사랑의 한가운데에 있으면 사랑이 보이지 않듯이, 꽃이 한창 피어있을 때는 그 꽃의 진정한 의미와 모습이 보이지 않을 수도 있다. 그러므로 진정한 사랑이란 그 사랑이 다 끝이 났을 때라 할 수 있다. 마치 진정한 꽃의 아름다움은 그 꽃이 지고 난 뒤라 할 수 있는 것처럼 말이다.

이제 그러한 그의 시적 감수성과 문학적 열정은 '청춘예찬'으로 나아가고 있다.

오늘은 호수에 봄이 꽉 찼네

무채모양의 호수공원이 느낌표라면

윤슬의 저녁놀은 따옴표 되겠네

새 날아들고 아이들 지저귀는 소리

서산중앙호수공원 정자에 앉아 낙타를 바라보네

스무 살의 버드나무가 휘어진다는 것은

곧은 대나무보다 더 날카로운 성을 내는 것

청벚꽃으로 봄을 잉태한

느낌표 같은 호수 속

진흙 연꽃으로 여름이 피어나고

가을 단풍 붉은 청춘 살랐던 곳

녹슨 우리 사이 삐거덕 삐걱해도

세상의 대지인 너 기다리네

- 「청춘예찬」 전문

이 시에는 '서산중앙호수공원'을 중심으로 청춘을 예찬하고 있다. 여기서 청춘이란 계절적으로는 봄으로 나타난다. 시의 공간과 시간으로 미루어 볼 때, 봄날의 호수에 물과 나무, 하늘과 공기, 새와 어린아이, 꽃과 햇살과 노을이 대자연의 조화를 이루고 있다. 그리고 그곳은 오영미 시인이 살아가는 곳이자, 그가 시를 쓰며 문학적 열정을 발휘하는 곳이다. 그리고 그곳은 바로 우보 민태원이 「청춘예찬」을 썼던 곳이다. 「청춘예찬」은 우리가 학창시절에 국어교과서에서 배운 수필 가운데서도 매우 인

상적으로 남아있는 작품이다. 그러므로 오영미 시인은 이점에서 남다른 자부심과 그것에 대한 큰 관심을 가지고 있는 것이다. 어떻든 간에 한 시인이 자신이 태어나 살고 있는 지역의 선배 문인에게 영감을 받고 그로 인해 더 좋은 작품을 쓴다면 그거야 말로 금상첨화가 아니고 무엇이겠는가.

그러한 방향에서 「청춘예찬」은 서산에 사는 오영미 시인이 이번 시집에서도 새로운 관심으로 접근하고 있는 부분이다. 그의 시적 열정이 「청춘예찬」과 만나 새로운 문학적 전기가 마련될 수 있다면 그것 또한 의미 있는 것이라 하겠다. 그러한 차원에서도 오영미 시인은 앞으로 자신의 문학과 지역문학의 발전을 위해 「청춘예찬」을 더 예찬할 것으로 기대된다. 그러한 내용을 그는 이번 시집 속에도 재차 강조하여 담고자 하였다. 그것은 다음 시에서도 잘 나타나고 있다.

서산 해미 지나 음암면 신장리에 다다랐을 때 '청춘예찬마을' 표석이 덩그러니 쓸쓸하다 학창 시절 중학교 국어 교과서에 실린 그 청춘예찬을 딸딸 외우라던 선생님의 말씀 아직 생생하다 듣기만 해도 설렌다는 그 말! 문학관이 이곳에 생겼으면 좋겠나

소의 느린 걸음으로 해미 지나 서산으로 진입하는 도로 갓길 그곳을 지나도 발견하시 못하는 청춘의 마을이 있다 느려도 너무 느린 거아닌가 그곳을 지나도 발견하지 못하고 지나치는 청춘예찬마을 이곳 서산이 청춘예찬의 고장이란 걸 아시나요

– 「신장리 가는 길」 부분

오영미 시인은 시를 사랑하는 만큼 서산을 사랑하는 마음 또한 크다. 그래서 그의 시적 활동도 모두 이곳을 향해 밀도 있게 집중되어 나타나고 있다. 그것은 바로 서산을 대표하는 민태원의 「청춘예찬」이다. 오영미는 지금이라도 민태원의 이름을 널리 알려서 세상의 청춘들에게 희망을 심고, 누구나 즐겨 찾는 꿈의 쉼터로 만들어 우울한 시대에 용기를 심어주었으면 좋겠다고 한다. 그렇게 하기 위해서 민태원의 문학정신을 기리기 위한 문화공간이 서산 그곳에 만들어졌으면 좋겠다는 생각을 펼친다. 위의 시는 그것을 시적 표현을 빌려 주장하고 있는 것이라 할 수 있다.

그래서 오영미 시인은 민태원 선생이 썼던 「청춘예찬」을 제목으로 시도 쓰고 그것을 시집 제목으로도 삼고 있는 것이다. 더 나아가서는 '청춘예찬문학관'을 그의 고향인 서산 신장리에 열자고하는 포부도 밝히고 있다. 이러한 기대감은 앞으로 그의 문학적 열정과 만나 어떠한 성과로 남을지 자못 궁금하기도 하다. 그런데 그러한 것은 모두 오영미 시인이 앞으로 보여줄 시적 성과와 맞물리는 일이라는 점이다. 그러기에 오영미의 문학에 대한 결과가 더 기대되는 부분이기도 하다.

오영미 시인은 이제 그가 도달한 시적 단계에서 새로운 도전을 눈앞에 두고 있다. 그가 보여 온 4년간 5권의 시집 출간, 그것은 그의 시적 열정과 역량을 어느 정도 대변해주었다고 판단한다. 그러므로 이제 그는 지금까지의 성과를 계속적으로 반복하기 보다는, 더 새로운 도전으로 나아가 한 단계 업그레이드된 시 세계를 펼쳐내야 할 것이기 때문이다.

그러나 그러한 물음 앞에서도 필자는 오영미 시인에 대한 기대감을 버리지 않고 있다. 그것은 그동안 오영미 시인이 펼쳐 보여준 시적 행보가 그 증좌인 것이다. 다만 앞으로 그의 시적 도정은 점점 새롭고도 높은 곳을 향해 가파르게 나아가는 과정이겠는데, 그것을 향한 피나는 노력이 뒤따라야 할 것이다. 오영미는 또한 자신의 시적 열정을 냉철하게 절제할 줄도 아는 자기 점검과 비판이 또한 동반되어야 한다는 점을 깊이 명심하기 바란다. 오영미 시인의 일곱 번째 시집 출간을 진심으로 축하하며, 곧 이어질 여덟 번째 시집을 큰마음으로 기대한다.

김완하 | 시인, 한남대 교수

시와정신시인선 32

청춘예찬
ⓒ오영미, 2020

초판 1쇄 | 2020년 5월 25일

지 은 이 | 오영미
펴 낸 곳 | **시와정신**
주   소 | (34445) 대전광역시 대덕구 대전로1019번길 28−7
　　　　　　　신창회관 2층
전   화 | (042) 320−7845
전   송 | 0504−886−8861
홈페이지 | www.siwajeongsin.com
전자우편 | siwajeongsin@hanmail.net
공 급 처 | (주)북센 (031) 955−6777

ISBN 979−11−89282−25−7   03810

값 9,000원